Marjaleena Lembcke-Heiskanen

Polkabären, Apfelratten
und andere Tiere

Marjaleena Lembcke-Heiskanen

Polkabären, Apfelratten und andere Tiere

Finnische Tiergeschichten

Mit Bildern von Anna Boeke

tabu verlag

Inhalt

Ahma, der ritterliche Räuber

Meine Eltern und ich sind in Finnland geboren. Als ich zwei Jahre alt war, sind wir nach Deutschland gezogen. Das war vor sechs Jahren.
Meine Eltern arbeiten hier, und ich gehe zur Schule. Es geht uns gut, und meinen Eltern gefällt ihre zweite Heimat. Ich kann mich gar nicht mehr daran erinnern, wie es in Finnland war. Ich bin in Österreich gewesen, in Frankreich, in Italien, in Spanien und zweimal in Portugal.
Jedes Jahr im Sommer machen wir eine Reise. „Wir wollen neue Länder kennenlernen“, sagen meine Eltern immer. „Finnland kennen wir ja.“
Aber wenn meine Mutter eine Schallplatte mit finnischen Liedern auflegt, singt sie leise mit und sieht sehnsüchtig in den Himmel. Als läge Finnland hinter den Wolken.
Und mein Vater erzählt viel von früher. Über den finnischen Sommer und die vielen Seen.

Über die Pflanzen und vor allem über die Tiere Finnlands.
Mein Vater ist der beste Geschichtenerzähler der Welt. Ich kenne aber auch keinen anderen. Die meisten Väter gucken fern, hören Radio oder lesen Zeitung, wenn sie zu Hause sind.
Na ja, mein Vater liest auch, und er guckt auch fern. Aber wenn ihm eine Geschichte aus Finnland einfällt, legt er die Zeitung weg und macht den Fernseher aus.
So wie heute.
Auf einmal geht er mit langen Schritten durchs Wohnzimmer, bleibt vor mir stehen, sieht mir in die Augen und seufzt tief.
Ich weiß sofort, es ist soweit. Er muß eine Geschichte erzählen!
Ich nehme Mirri, unseren Kater, auf den Schoß, streichele sein weiches Fell und nicke meinem Vater zu. Ich bin bereit, ihm zuzuhören.
„Ich koche mal eben einen Kaffee“, sagt meine Mutter und steht auf.
„Willst du dir denn die Geschichte nicht anhören?“ fragt mein Vater.
„Doch, doch“, sagt meine Mutter und setzt sich wieder.

„Es gibt ein Tier in Finnland, das einen verdammt schlechten Ruf hat!“ fängt mein Vater an.

„Ich koche doch einen Kaffee!“ sagt meine Mutter.

Mein Vater sieht sie mißmutig an.

Ich kichere leise und sage: „Erzähl ruhig weiter. Mama hört auch in der Küche zu.“

Und mein Vater erzählt:

„Also, man sagt diesem Tier nach, es würde alles fressen und alles Eßbare finden.

Zur Nacht bringen die Fischer ihre Fische in Sicherheit, die Jäger lassen ihre Beute nie draußen, und die Bauern sperren ihre Hühner in den Stall. Aber das Tier reißt sogar die Mülltüten vor den Sommerhäuschen auf und wühlt in den Abfällen. Immer auf der Suche nach etwas zu fressen.“

„Ein Fuchs!“ rufe ich.

Mein Vater schüttelt den Kopf.

„Füchse sind doch keine Allesfresser. Und sie haben keinen schlechten Ruf. Man bewundert sie sogar wegen ihrer Schlauheit.“

„Aber Füchse klauen Gänse!“ behaupte ich.

„Ja“, sagt mein Vater. „In Kinderliedern vielleicht.“

Er pfeift: „Fuchs, du hast die Gans gestohlen ...“
Meine Mutter kommt mit dem Kaffee.
„Du erzählst von dem Vielfraß!“ sagt sie.
Mein Vater sieht sie etwas verlegen an.
„Es kann ja sein, daß du die Geschichte schon kennst!“ meint er.
„Ich kenne sie vielleicht noch nicht!“ sage ich schnell.
Ich weiß, wenn mein Vater eine Geschichte erzählen möchte, dann muß er sie auch erzählen dürfen. Sonst ist er unglücklich.
Mein Vater sieht mich dankbar an und erzählt weiter.
„Als junger Mann bin ich gerne durch die Wälder gewandert. Ich nahm nie viel Proviant mit. Der Rucksack sollte ja nicht zu schwer sein. Eine Angelschnur mit einem Haken hatte ich aber immer dabei. In Finnland kommt man ja zwangsläufig irgendwann mal an einem See vorbei.“
„Weil es so viele gibt!“ sage ich.
„Und eine kleine Kaffeekanne und etwas Kaffeepulver hattest du auch dabei“, sagt meine Mutter schmunzelnd und gießt Kaffee ein.
„Kaffee hatte ich dabei“, sagt mein Vater.
„Und deine Flöte“, sage ich.

„Aber Kaffee macht nicht satt. Und eine Flöte ist nichts zu essen", sagt mein Vater.
„Meistens fand ich auf meinen Wanderungen genug Pilze, Blaubeeren und Preiselbeeren, und in den Seen gibt es ja Fische. Nur einmal bin ich in eine Situation geraten, in der ich Angst hatte zu verhungern. Das war, als ich mich im Wald verlaufen hatte.
Es geschah im Juni.
Pilze und Beeren gab es noch nicht.
Mein Rucksack war leer.
Und ich wußte überhaupt nicht mehr, wo ich mich befand.
Ich hatte das Gefühl, immer wieder im Kreis zu laufen. Die Tannen und Kiefern sahen alle gleich aus. Mein Magen knurrte vor Hunger, und ich war erschöpft.
Plötzlich sah ich etwas Merkwürdiges. Zwischen zwei eng beieinander stehenden Tannen hing ein etwa achtzig Zentimeter langes Tier. Es hatte dichtes braunes Fell, kurze Beine und einen dicken Bauch. Der dicke Bauch war wohl auch der Grund, warum es festsaß und weder vor noch zurück konnte. Aber in seinem Maul hielt es einen Hasen!"
„Das war der Vielfraß!" rufe ich.

„Der war es!“ sagt mein Vater und trinkt einen Schluck Kaffee. Dann sieht er meine Mutter und mich an und fragt: „Was glaubt ihr, was ich getan habe?“
„Du hast ihn befreit“, sage ich. „Und der Vielfraß hat dir den Hasen als Dank dagelassen!“
„O nein!“ sagt mein Vater. „So einfach ist die Geschichte nicht!“
Das hätte ich mir denken können.
Die Geschichten meines Vaters sind nie einfach!
„Du hast Kaffee gekocht und dem Vielfraß auch eine Tasse angeboten“, sagt meine Mutter.
Mein Vater sieht meine Mutter betreten an.
Sie zwinkert ihm mit einem Auge zu.
Mein Vater räuspert sich.
„Ich wollte nicht, daß der Vielfraß mit dem Hasen davonrennt, sowie ich ihn befreit hätte. Also habe ich mich breitbeinig und selbstbewußt vor das Tier gestellt und zu ihm gesagt: ‚Du sitzt ganz schön in der Falle!‘“
„Er konnte dich doch gar nicht verstehen!“ sage ich.
„Der Vielfraß hat mich wohl verstanden! Er rollte wild mit den Augen und sah mich wütend an. Ich versuchte ihm den Hasen aus dem Maul

zu reißen. Aber er ließ nicht locker. Da setzte ich mich hin und wartete.
Ich wartete lange.
Endlich ließ der Vielfraß den Hasen auf die Erde fallen."
„Und du hast den Vielfraß sofort befreit!" sage ich.
„Nein, nein! Das wäre noch zu riskant gewesen. Erst machte ich ein Lagerfeuer, zog dem Hasen das Fell ab, spießte ihn auf einen Stock, briet ihn von allen Seiten im Feuer und aß mich satt. Dann bog ich die Tannen auseinander und ließ den Vielfraß frei.
Ich hatte nicht den ganzen Hasen aufgegessen. Die Hälfte war noch übrig. Ich warf sie dem Vielfraß hin. Er fraß alles gierig auf und verschwand.
Inzwischen war das Feuer ausgegangen.
Ich legte mich auf den Waldboden und schlief sofort ein. Als ich erwachte, stand die Sonne schon hoch am Himmel, und ich hatte wieder Hunger. In der Nähe fand ich eine Quelle mit frischem klarem Wasser und trank genüßlich.
Aber Wasser macht nicht satt. Wo würde ich das nächste Mal was zum Essen finden?
Und stellt euch vor!

Als ich zu meinem Lagerplatz zurückkehrte, sah ich neben der Feuerstelle einen dicken Barsch liegen. Keinen ganzen Barsch, sondern die Hälfte von einem Barsch!"

Komisch, ich glaubte, es sei ein Hecht gewesen. Aber ich sage nichts. Ich will ja meinen Vater nicht durcheinanderbringen.
„Na, wie war der Barsch wohl in den Wald gekommen?" fragt meine Mutter.
„Das war mir sofort klar!" ruft mein Vater.
„Der Vielfraß wußte, wo ein See lag. Er hat sich mit dem halben Barsch für den halben Hasen bedankt! Ich bin seinen Spuren gefolgt, und nach einer Stunde Fußmarsch habe ich auch den See gefunden und war gerettet!"
„Das Tier sollte einen neuen Namen bekommen!" sage ich. „*Vielfraß* klingt ja nicht sehr schön."
„Auf finnisch heißt Vielfraß *ahma*", sagt mein Vater.
„Und wir nennen ihn einfach *Räuberritter*! Denn er ist ja ein Räuber, aber er kann auch ein Ritter sein", sage ich.

Ein Apfel in der Falle

Ich sitze im Wohnzimmer und blättere in meinem Märchenbuch. Mirri, der faule Kater, liegt neben mir auf dem Sofa. Ich sehe mir die Bilder mit den listigen Hexen, den mächtigen Riesen und den bösen Zauberern an.
Ich überlege noch, welches Märchen ich lesen soll, da kommt meine Mutter mit einem Korb rotbackiger Äpfel hinein.
Ich suche mir einen Apfel aus.
Auch mein Vater nimmt sich einen Apfel. Er dreht ihn in der Hand, und plötzlich lächelt er. Da weiß ich, daß er nun eine Weile nicht dazu kommen wird, den Apfel zu essen.
„Erinnerst du dich ...?“ fragt mein Vater und sieht meine Mutter an.
Meine Mutter nickt.
Mein Vater wendet sich mir zu.
„Hillevi, habe ich dir schon die Geschichte von der Apfelratte erzählt?“ fragt er.
„Ja!“ antworte ich knapp. Eigentlich würde ich jetzt lieber lesen.

„Macht ja nichts!“ sagt mein Vater fröhlich. „Die Geschichte kann man gut und gerne zweimal erzählen!
Also, damals wohnten wir in einem alten Haus auf dem Land.“
„Ich weiß!“ sage ich.
„Wir lagerten den Speck und die Wurst im Keller. Dort standen auch die Gläser mit eingemachten Gurken, und in einer Ecke hatten wir eine Kartoffelkiste. Das waren Zeiten! Sogar ein Holzfaß voll Pilze hatten wir, die wir selbst gesucht hatten, und ein anderes mit Preiselbeeren!“
„Und die Winteräpfel lagen in den Regalen“, sage ich ein bißchen ungeduldig. Ich kenne ja die Geschichte.
Mein Vater nickt.
„Die rotbackigen Winteräpfel lagen in den Regalen. Sie dufteten herrlich und übertrafen fast den erdigen Geruch der Kartoffeln. Ich ging oft in den Keller, nahm mir einen Apfel und biß hinein.“
„Und dann kam die Ratte!“ sage ich.
Ich will meinem Vater helfen, die Geschichte etwas schneller zu erzählen. Wenn man eine Rattengeschichte erzählt, muß man nicht die

Kartoffeln und all die anderen Dinge beschreiben, die auch zufällig im Keller sind, finde ich. Aber mein Vater hat seine eigene Art, Geschichten zu erzählen!

„Im ersten Winter in dem Haus war es bitterkalt. 20 bis 30 Grad minus! Draußen natürlich. Drinnen war es mollig warm und gemütlich. Wir hatten ja unseren Holzherd und Holzöfen. Bald bekamen wir Besuch.

Eine ganze Mäusefamilie machte es sich bei uns bequem. Deine Mutter wollte keine Falle aufstellen. Sie legte sogar Speckscheiben für die kleinen Gäste auf den Kellerboden.

‚Du wirst noch sehen, was du davon hast!' warnte ich sie.

Sie lachte nur.

Da brachte ich einen jungen Kater ins Haus. Ein Kater verjagt Mäuse schnell!"

Ich streichele unseren Kater. Murri ist an der Jagd nicht interessiert. Aber er ist auch eine Stadtkatze. Und außerdem gibt es bei uns keine Mäuse.

„Als das mit der Apfelratte passierte, war der Kater schon ein kräftiger Jäger. Wir wohnten nun den zweiten Winter in dem Haus", sagt mein Vater.

„In dem ersten Winter, als es so bitterkalt war, ist also nichts passiert?“ frage ich ungeduldig.
„Natürlich geschieht immer etwas!“ antwortet mein Vater. „Aber du willst doch nicht meine ganze Lebensgeschichte hören. Ich will ja nur die Geschichte mit der Ratte erzählen!“
Meine Mutter legt ihr Strickzeug aufs Sofa und lächelt.
„Die Geschichte mit *rotta*, der Ratte, muß aber ich weitererzählen!“ sagt sie.
„Wenn du meinst“, sagt mein Vater großzügig.
Meine Mutter räuspert sich und erzählt *ihre* Geschichte von der Apfelratte.
„Eines Tages, als ich in den Keller ging, um Kartoffeln zu holen, sah ich hinter den Äpfeln einen graubraunen Kopf mit spitzer Schnauze! Zwei wache, neugierige Augen starrten mich an. Ich starrte zurück.
Ich habe ja keine Angst vor Ratten! In aller Ruhe nahm ich meine Kartoffeln und verließ den Keller. Ich bat deinen Vater, eine Rattenfalle zu besorgen.
Das tat er auch. Allerdings erst nach ein paar Wochen. Inzwischen hatte die Ratte eine ganze Reihe von Äpfeln angebissen. Sie fraß sie nie auf. Sie biß nur rein!

Das ärgerte mich besonders. Endlich konnten wir dann die Falle aufstellen."

„Was heißt hier endlich", murmelt mein Vater. „Nach zwei Wochen!"

„Sag' ich ja", sagt meine Mutter und erzählt weiter.

„Als Lockmittel legten wir eine dicke Speckscheibe hinein.

Am nächsten Morgen gingen wir zusammen in den Keller, um nach der Falle zu sehen. Sie hatte funktioniert. Doch keine Ratte lag darin, sondern ein rotbackiger Apfel!

Das schlaue Tier hatte einen Apfel in die Falle gerollt, und nachdem diese zugeschnappt war, hatte es den Speck aufgefressen! Die Ratte war bestimmt sehr zufrieden, daß sie uns überlistet hatte.

Eines Tages begegnete ich ihr wieder im Keller. Sie stand auf den Hinterbeinen, ihre Barthaare zitterten, und sie blickte mir direkt in die Augen. Sie sah aus, als hätte sie keine Angst vor mir.

Ich lief hinauf in die Küche, nahm den Kater auf den Arm und ging mit ihm in den Keller.

Ich ging direkt auf die Ratte zu. Der Kater fauchte und krallte sich an meiner Jacke fest. Er

hatte überhaupt keine Lust, sich mit der Ratte anzulegen.
Ich setzte ihn auf den Boden. Aber er sprang die Kellerstufen hoch, hockte sich vor die Kellertür und putzte sich das Fell.
Ich sah die Ratte an, und mir war, als hätte sie über mich und über den Kater gelacht!"
„Reinste Einbildung!" brummt mein Vater. „Tiere kennen keine Schadenfreude!"
„Wie auch immer!" sagt meine Mutter.
„Auf jeden Fall sollte die Ratte nicht das letzte Wort haben.
Ich holte die Äpfel aus dem Keller und kochte Apfelkompott.
Einmal noch traf ich die Ratte. Sie saß zwischen den Apfelkompottgläsern im Regal. Ich glaube, sie hat auf mich gewartet.
Als sie mich sah, verbeugte sie sich höflich, sprang vom Regal herunter und verschwand aus unserem Leben!"

„Na ja, so ungefähr war es", sagt mein Vater.
„Und du verschwindest jetzt ins Bett!" sagt meine Mutter zu mir.
„Aber vorher putzt du dir noch die Zähne!" sagt mein Vater.

„Wenn man einen Apfel gegessen hat, braucht man sich nicht mehr die Zähne zu putzen!" antworte ich.
„In diesem Haus hat ein Mann nichts mehr zu sagen", brummt mein Vater.
Ich gebe ihm einen Kuß auf die Nasenspitze und sage: „Die nächste Geschichte darfst du ja wieder erzählen!"

Eine kleine Zauberflöte

Eines Abends sieht mein Vater mich an und behauptet einfach: „Luchse sind von allen Tieren, die ich kenne, die schönsten!“
Ich streichele unseren graugestreiften Kater, der neben mir auf dem Sofa schläft, und sage: „Katzen sind aber auch schön!“
„Luchse sind auch Katzen!“ erklärt mein Vater.
„Ich weiß“, antworte ich. „Und auf finnisch heißt Luchs *ilves*.“
Ich nehme meine Flöte und spiele ein paar Töne. Mirri springt vom Sofa und legt sich unter den Tisch zum Schlafen.
„Habe ich dir schon die Luchsgeschichte erzählt?“ fragt mein Vater.
Ich überlege, was ich darauf antworten soll.
Er hat mir sogar schon drei oder vier Luchsgeschichten erzählt. Aber sie sind alle anders.
„Ich bin nicht sicher, ob ich sie kenne“, sage ich.
„Ich meine die Geschichte über den schönen nordischen Luchs, der seine Farbe wechseln kann wie ein Chamäleon!“

„Das hast du mir noch nicht erzählt“, sage ich. „Ich meine, daß Luchse ihre Farbe wechseln können!“

„Versteh mich nicht falsch!“ sagt mein Vater. „Ich meine doch nur, daß der Luchs im Sommer ein anderes Fell trägt als im Winter. Und nicht ohne Grund, wie du dir denken kannst.“

Mein Vater sieht mich gespannt an.

„Bestimmt nicht ohne einen guten Grund!“ sage ich.

„Also du weißt, wovon ich spreche?“ fragt mein Vater.

„Über den nordischen Luchs!“ sage ich.

„Ich meine, weißt du, warum der Luchs im Sommer einen hellbraunen Pelz mit dunkelbraunen Flecken trägt? Und im Winter einen weißen mit nur wenigen hellgrauen Flecken?“

„Weil in Finnland im Winter Schnee liegt“, sage ich. „Es ist sein Wintermantel!“

„Also, der Luchs trägt eine zur Jahreszeit passende Tarnfarbe! Damit ihn die Tiere, die er jagen will, nicht zu früh entdecken“, sagt mein Vater.

„Und die kleinen hellgrauen Flecken?“ frage ich. „Sind das die Stellen, auf denen der Schnee geschmolzen ist?“

Aber mein Vater antwortet nicht. Er will nicht mehr so viel erklären. Er möchte jetzt endlich seine Geschichte erzählen.
„Es gibt nur wenige Menschen, die einen Luchs in freier Natur gesehen haben. Ich gehöre zu diesen wenigen! Und ich bin sehr stolz auf die Begegnung mit dem Luchs.
Ich war damals ein junger Mann, der gerne zum Fischen und zur Jagd ging. Ich war ständig auf der Suche nach neuen Abenteuern und immer auf der Hut. Wer Enten schießen will, muß früh aufstehen!"
„Wolltest du denn Enten schießen?" frage ich.
„Das ist nur so eine Redensart. Aber vergiß die Enten!" sagt mein Vater. „Enten haben mit dieser Geschichte nichts zu tun.
Jedenfalls trug ich immer ein Gewehr bei mir, und wenn ich nur ein paar Tage am Fluß verbrachte, um Forellen zu fangen."
„Und deine Flöte hattest du auch immer dabei", sage ich.
„Ja, die auch, und sie spielt in der Geschichte eine besondere Rolle. Wart's ab.
Also, ich hatte gehört, daß sich in der Gegend ein Luchs herumtrieb. Gesehen hatte ihn aber noch niemand. Man hatte nur Spuren von ihm

entdeckt. Und Überreste von Hasen und Vögeln, die er erlegt hatte.
Wenn ich draußen in der Natur übernachtete, schlief ich immer unter freiem Himmel. Es gibt nichts Schöneres als die Sterne in der Nacht, ein sanfter Wind, der einem das Gesicht streichelt, und das Flüstern der Bäume.
Ich lag in dieser Nacht auf weichem Moosboden, unter hohen Tannen und zarten Birken. Die Nachtvögel flogen auf die Jagd, die Waldmäuse raschelten in dem trockenen Laub.
Bald schlief ich ein."
„Und dann kam der Luchs!" rufe ich.
„Nein!" sagt mein Vater. „Nein – ich schlief gut und bin frisch und munter aufgewacht. Ich wusch mich mit dem eiskalten Flußwasser und fing dann zwei Forellen zum Frühstück.
Ich sammelte Preiselbeeren und Pilze und sah mir dabei die Gegend an. Ich konnte keine Spur von einem Luchs entdecken.
Womöglich gab es dort gar keinen Luchs.
Bestimmt hatte jemand die Geschichte nur erfunden, um sich interessant zu machen.
Ich glaubte eigentlich nicht mehr an die Luchsgeschichte!"
Mein Vater schweigt einen Augenblick.

Ich sage schnell: „Ich glaube noch an die Luchsgeschichte!“
Mein Vater nickt zufrieden und fährt mit seiner Geschichte fort.
„Die zweite Nacht unter freiem Himmel begann genauso friedlich wie die erste. Ich legte mich hin und hörte den Geräuschen des Waldes zu.
Plötzlich rief eine Eule!
In Scharen verließen die Vögel ihre Schlafbäume. Sie kreischten aufgeregt.
Die Mäuse wühlten im Laub.
Der Fluß rauschte.
Und dann wurde es ganz still um mich.
Kein Geräusch war mehr zu hören.
Sogar der Fluß schien langsamer zu fließen.
Hillevi, ich sage dir: Ich hatte unheimliche Angst! Ich tastete nach meinem Gewehr und horchte.
Nur noch das leichte Plätschern des Wassers war zu hören. Ich rührte mich nicht von der Stelle. Ich wagte nur noch die Augen zu bewegen und versuchte nach rechts und links zu schauen, ohne den Kopf dabei zu drehen.
Und dann sah ich nach oben!
Dort, direkt über meinem Kopf, erblickte ich zwei grünfunkelnde Augen!

Wir sahen uns lange an – der Luchs und ich. Und dann sprang er!
Ich hielt das Gewehr in der Hand, aber ich konnte nicht schießen.
Das Tier war wunderschön! Du mußt noch wissen, daß es eine Mondnacht war! Ich konnte das helle Fell, die langen Beine und den zierlichen Kopf mit den spitzen Ohren gut erkennen!"
„War es denn Winter?" frage ich.
„Wieso Winter?" fragt mein Vater. „Im Winter fließt doch kein Fluß – und ich lege mich wohl kaum in den Schnee zum Schlafen!"
„Ich dachte nur, weil der Luchs ein helles Fell hatte!" sage ich.
„Es leuchtete hell im Mondschein, aber das Fell war natürlich braun!" erklärt mein Vater.
„Also, der Luchs sprang! Aber nicht auf mich. Nein, er setzte sich hinter das Lagerfeuer, über dem ich meine Fische gebraten hatte. Das Feuer brannte nicht mehr, das Holz glühte und rauchte nur noch ein wenig. Der Luchs saß mir direkt gegenüber und starrte mich an.
Ich richtete mich ganz langsam auf. Vorsichtig und langsam nahm ich meine Flöte aus dem Rucksack.

Dann begann ich leise darauf zu spielen.
Der Luchs neigte den Kopf zur Seite, als würde er genau zuhören.
Ich spielte eine Melodie. Dann eine zweite, und bei der dritten vergaß ich völlig, daß der Luchs eine gefährliche Raubkatze ist. Er war nur ein schönes, mir fremdes Tier, dem ich etwas vorspielte!"
„Und dann?" frage ich gespannt.
„Dann habe ich ihm noch das Lied ‚Schlaf gut, mein Kind, dich wiegt der Wind, dich schützt der Mond bis Morgenrot' vorgeflötet. Danach ist der Luchs aufgestanden und leise davongeschlichen! Aber seit diesem Tag nehme ich kein Gewehr mehr mit, wenn ich im Wald übernachten will. Nur meine kleine Zauberflöte!"

Ich nehme auch meine Flöte wieder und setze mich auf den Fußboden vor den Kater.
Ich spiele ihm „Alle meine Entchen schwimmen auf dem See" vor.
Mirri öffnet die Augen, miaut und versucht, die Flöte mit den Krallen zu packen.
Na ja! Mirri ist natürlich kein Luchs, und meine Flöte ist wohl keine richtige finnische Zauberflöte!

Gefangen im Eis

„Die spannende Geschichte mit dem Elch kennst du wohl schon?“ fragt mein Vater.
Ich versuche gerade, einen Hasen aus Zeitungspapier auszuschneiden.
„Meinst du die Geschichte, als der Elch das Gemüsebeet zertrampelt hat?“ frage ich.
„Nein, nein!“ sagt mein Vater. „Die Geschichte meine ich nicht!“
„Ach so“, sage ich und schneide die Ohren des Hasen fertig. „Dann meinst du wohl den Elch, der dich auf den Baum gejagt hat?“
„Nein, natürlich nicht!“ sagt mein Vater. „Das ist doch eine uralte Geschichte!“
„Jetzt weiß ich es!“ sage ich. „Du meinst die Geschichte, in der drei Elche plötzlich mitten auf der Straße standen!“
„Die ist es auch nicht, Hillevi!“ sagt mein Vater zufrieden. „Ich dachte mir schon, daß du *diese* Elchgeschichte noch nicht kennst!“
Ich lege meine Schere und die ausgeschnittenen Hasenteile vor mich auf den Tisch. Ich stemme

die Ellbogen auf, stütze das Kinn in die Hände und sage: „Dann erzähl!"
Mein Vater stopft sich eine Pfeife, zündet den Tabak an und zieht genüßlich den Rauch ein.
„Elche sind schon seltsame Tiere", sagt er. „Sie haben einen Kopf wie ein großes Pferd, Hufe mit zwei Zehen wie eine Kuh, einen Körper wie ein riesiger Hirsch ..."
„Und ganz, ganz große Schaufeln!" rufe ich.
Mein Vater hat mir schon ziemlich oft beschrieben, wie ein Elch aussieht. Und ich weiß natürlich, daß Elch auf finnisch *hirvi* heißt.
„Ein stolzes Geweih!" sagt mein Vater.
„Es ist schon lange her, daß ich dieses Abenteuer mit dem Elch erlebte. Du warst damals noch nicht geboren. Ich kannte nicht einmal deine Mutter!
In jenem Jahr kam der Frühling sehr zeitig nach Finnland. Schon im März lag kaum noch Schnee, und das Eis auf den Seen und Flüssen begann zu schmelzen. Niemand wagte es mehr, auf dem Eis spazierenzugehen."
„Elche gehen ja sowieso nicht auf dem Eis spazieren!" sage ich und ordne die Hasenteile auf dem Tisch. Dem Hasen fehlt noch der Kopf.

„Natürlich laufen Elche auch auf dem Eis!" sagt mein Vater.
„Ich habe noch nie einen Elch gesehen", sage ich.
„In Deutschland gibt es auch keine Elche!" sagt mein Vater. „In Finnland aber gibt es viele Elche. Man sieht sie nur selten, weil sie so scheu sind."
„Hasen sind auch ziemlich scheu!" sage ich.
Mein Vater erzählt weiter.
„In der Nähe des Hauses, in dem ich mit meinen Eltern wohnte, liegt ein wunderschöner See. Im Schilf kann man die größten Hechte fangen, und am Ufer blühen Seerosen!"
„Aber nicht im Winter!" sage ich.
„Nein", sagt mein Vater und nimmt geduldig den Faden seiner Geschichte wieder auf.
„Wie ich schon erwähnte, schmolz auf den Gewässern bereits das Eis. Ich ging oft zum Ufer und beobachtete die Vorboten des Frühlings. Eines Tages entdeckte ich ein dickes Geäst, das aus dem Eis herausragte. Und plötzlich bewegte sich das Geäst. Blitzartig erkannte ich, was es wirklich war. Eine Elchschaufel!
Der Elch war wohl im Eis eingebrochen und kam nicht von der Stelle, weil die Eisdecke ihn am Schwimmen hinderte.

Elche können ja ausgezeichnet schwimmen. Aber jetzt wurde das Tier von den Eismassen festgehalten. Es war grausam, so ein stolzes Tier in Not zu sehen!“

Mein Vater seufzte tief.

„Wenn es ein stolzer Mensch gewesen wäre“, sage ich, „dann wäre es auch grausam gewesen!“

„Natürlich!“ sagt mein Vater ungeduldig. „Aber es war nun mal ein Elch und kein Mensch. Oder hast du schon mal einen Menschen mit einer Schaufel gesehen?“

„Jaaa!“ sage ich und kichere.

„Sei nicht albern!“ sagt mein Vater und lächelt.

„Also, was konnte ich jetzt bloß tun?

Ich war doch nur ein schmächtiger Junge. Wie sollte ich das riesige Tier aus dem See befreien? So ein Elch kann ja bis zu tausend Kilo wiegen! Ich wagte nicht einmal, auf das Eis zu treten.

Da hörte ich ein herzzerreißendes Brüllen. Der Elch hatte mich gesehen.

Er rief um Hilfe!

Da hatte ich eine Idee. Schnell lief ich nach Hause.

Mit einem dicken Seil kehrte ich zum See zurück. Vorsichtig schlug ich mit einem Stock auf

das Eis. Die Eisfläche schien an den meisten Stellen noch dick genug zu sein.
Als ich nur noch ein paar Meter von dem Elch entfernt war, knüpfte ich das Seil zu einem Lasso. Dann versuchte ich, das Lasso um sein Geweih zu werfen. Ich mußte mehrere Male werfen, bis es mir gelang.
Und dann kam das Schwierigste: das Tier aus dem Wasser zu ziehen.
Würde das Eis nicht sofort wieder unter seinem Gewicht einbrechen?
Aber der Elch war klug.
Er strampelte nicht. Als er seine Vorderbeine auf dem Eis hatte, prüfte er vorsichtig die Ränder der Eisfläche.
Ich lag nun flach auf dem Eis und zog mit aller Kraft an dem Seil! Und ich schaffte es!
Der Elch richtete sich auf. Er machte einen kleinen Schritt auf dem Eis, dann den nächsten. Wenn das Eis knackte, blieb er stehen.
Ich ging ihm nach. Als er das Ufer erreichte, legte er sich ganz erschöpft auf die Erde.
Er zitterte am ganzen Körper.
Ich auch!
Ich kniete vor dem Elch im Schneematsch und klopfte ihm beruhigend die Flanken.

Dann ging ich nach Hause. Ich war völlig fertig, und mir war kalt.
Ein ganzes Jahr verging, ohne daß ich den Elch wiedertraf.
Es wurde wieder Frühling. Eines Tages, Ende März, stand der Elch am Ufer des Sees. Genau an der Stelle, wo er über das Eis gekommen war. Und von nun an kam er jedes Frühjahr einmal vorbei – solange ich bei meinen Eltern wohnte. Als wollte er mir zeigen, daß er gut auf sich aufgepaßt hatte!"
„Wenn ich groß bin und nicht mehr bei euch wohne, komme ich auch immer wieder vorbei", sage ich. „Mindestens zweimal im Jahr!"

Das Schlangennest

Ich sitze in der Küche, kaue ein Butterbrot und überlege, was ich als nächstes tun könnte.
Da kommt mein Vater herein.
„Hier versteckst du dich!“ sagt er.
„Ich verstecke mich doch nicht“, sage ich. „Ich esse nur ein Butterbrot und warte auf Mama.“
„Sie kommt noch lange nicht. Du weißt ja, wenn sie bei ihrer Freundin ist, wird es spät. Aber ich könnte dir die Geschichte mit *kyykäärmeet*, den Kreuzottern, erzählen!“
„Welche denn?“ frage ich.
Denn mein Vater hat mir bestimmt schon drei Geschichten mit Kreuzottern erzählt.
„Diese Geschichte kennst du noch nicht“, sagt mein Vater, setzt sich zu mir auf die Küchenbank und fängt auch sofort mit der Geschichte an.
„Es war Mitte August. Draußen schien die Sonne, und es roch nach Sommeräpfeln und wilden Himbeeren. Ich wollte einen Korb voll Himbeeren pflücken und deine Mutter mit einer

Himbeer-Apfel-Kaltschale überraschen. Ich habe schon damals gerne gekocht. Vor allem, wenn ich die Zutaten selbst im Wald oder auf dem Feld aussuchen konnte!"

„Wo war denn Mama?" frage ich.

„Bei ihrer Freundin, glaube ich", sagt mein Vater. „So genau weiß ich es nicht mehr. Auf jeden Fall war sie nicht zu Hause.

Also, ich machte mich mit dem Korb auf den Weg. Ich ging barfuß, um die Stengel, Blätter und Blüten unter den Fußsohlen zu spüren.

Die Sonne glühte am Himmel, die Schwalben segelten in der Luft.

Ich pfiff ein Lied, schwenkte meinen leeren Korb und war glücklich!"

„Warum hast du mich denn nicht mitgenommen?" frage ich.

„Du warst damals doch erst ein Jahr alt!"

„Mit einem Jahr kann man auch glücklich sein!" sage ich.

„Natürlich", sagt mein Vater. „Aber noch keine Himbeeren pflücken! Außerdem hatte deine Mutter dich mitgenommen.

Ich fand schnell eine gute Himbeerstelle. Schon von weitem leuchteten mir die dicken, saftigen Beeren entgegen.

Ich stellte meinen Korb auf einen Stein, pflückte ein paar Himbeeren und steckte sie in den Mund.
Es gibt keine andere Beere, die so gut schmeckt wie eine Himbeere, die in praller Julisonne an einer Steinmauer gewachsen ist.
Bald hatte ich meinen Korb auch fast voll. Doch dann tat mir der Rücken weh, und die Sonne machte mich schläfrig. Ich stellte den Korb wieder auf den Stein, legte mich in die Wiese, schaute den Sommerwolken nach und träumte!"
„Was hast du denn geträumt?" frage ich.
„Ach, so Vaterträume", antwortet mein Vater. „Ich träumte wohl davon, daß ich dir später diese Stelle und viele andere Stellen und Plätze in der Natur zeigen würde!
Dabei döste ich ein.
Irgendwann am späten Nachmittag wachte ich wieder auf, etwas benommen von der Sonne.
Als ich nach meinem Korb griff, hörte ich ein warnendes Zischen. Ich sah auf den Boden und auf meine Füße. Nichts zu entdecken. Meine Zehen waren also nicht in Gefahr!
Ich sah in die Himbeerbüsche. Nichts Verdächtiges!

Aber ich kannte das Zischen.
So hört es sich an, wenn eine Schlange sagen will: Mach mir Platz! Geh mir aus dem Weg! Oder einfach nur: Du kommst mir zu nahe!
Ich hob einen Fuß hoch, dann den anderen."
Mir ist ein bißchen gruselig, wie immer, wenn mein Vater Kreuzotter-Geschichten erzählt.
„Dachtest du denn, du würdest auf der Schlange stehen?" frage ich.
„Natürlich nicht!" sagt mein Vater. „Das hätte ich doch gespürt!
Doch dann sah ich sie. Sie steckte gerade den Kopf über den Korbrand.
Vor Schreck ließ ich fast den Korb fallen. Aber ich konnte mich gerade noch zusammennehmen. Sonst hätte die Schlange sich erschreckt ..."
„Und sie hätte zugebissen!" rufe ich.
Mein Vater nickt. „Also was machte ich? Ich stellte den Korb so behutsam wie möglich wieder auf den Stein. Die Kreuzotter zog ihren Kopf in den Korb zurück."
„Und du liefst, so schnell du konntest, nach Hause!" sage ich.
„Ich lief überhaupt nicht! Ich wollte doch meine Himbeeren mitnehmen. Ich setzte mich

ganz ruhig auf einen anderen Stein. Ich wartete darauf, daß die Kreuzotter aus dem Korb kroch. Denn was sollte sie auch mit den Himbeeren anfangen? Kreuzottern fressen doch Mäuse, Eidechsen und vielleicht auch Schnekken. Aber keine Himbeeren!

Die Sonne ging unter. Aber die Schlange kroch nicht aus meinem Korb heraus.

Ich bewarf den Stein, auf dem der Korb stand, mit Tannenzapfen. Da steckte die Kreuzotter ihren Kopf über den Korbrand. Sie sah mich vorwurfsvoll an und zog sich wieder in ihr Versteck zurück.

Als die Sonne nur noch ein langer roter Strich am Horizont war, gab ich auf und lief nach Hause.

Am nächsten Tag ging ich mit deiner Mutter los. Wir trugen Gummistiefel. Für den Fall, daß die Kreuzotterdame schlechte Laune hätte!"

„Woher wußtest du denn, daß es nicht ein Kreuzottermann war?" frage ich.

„Da wußte ich es auch noch nicht, aber es war ein Weibchen. Hör nur zu!

Mein Korb stand noch genau an der Stelle, wo ich ihn gelassen hatte. Mutig schaute deine Mutter als erste in den Korb.

‚Ach wie süß!‘ rief sie aus. ‚Jetzt müssen wir den Korb natürlich ihnen überlassen!‘
Verdutzt sah ich auch in den Korb.
Darin schlängelte und drängelte sich eine ganze Kreuzotterfamilie! Eine große und viele, viele kleine Kreuzottern.
Ich konnte sie gar nicht zählen, weil es schwierig war zu erkennen, wo die eine Schlange anfing und die andere aufhörte. Und die Himbeeren hatten sie fast aufgefressen!“

„Kreuzottern fressen doch keine Himbeeren!“ sage ich.
„Diese hatten welche gefressen. Denn stell dir vor! Alle die kleinen Kreuzottern hatten rote Himbeermünder!“ sagt mein Vater.
Da muß ich lachen, und auf einmal gruselt es mich überhaupt nicht mehr vor Kreuzottern.
Aber barfuß zum Himbeerenpflücken gehen werde ich bestimmt nie!

Die Bärenpolka

Draußen hagelt und stürmt es. Ich sitze mit meinen Eltern im Wohnzimmer. Unser Kater schnurrt auf meinem Schoß. Ich kraule ihm den Nacken. Meine Mutter liest.
Mein Vater sieht aus dem Fenster und sagt: „Heute muß ich wieder an die Bären denken!"
„Warum?" frage ich. „In deiner Bärengeschichte hat es doch nicht gehagelt!"
„Damit hat es auch nichts zu tun!" behauptet mein Vater. „Die Erinnerungen kommen, wann sie wollen."
„Möchtest du die Geschichte jetzt erzählen?" frage ich.
„Willst du sie denn hören?" fragt mein Vater zurück.
„Klar!" sage ich, denn ich habe nichts Besseres vor. „Die ist doch bestimmt wieder anders als beim letztenmal!"
„Bestimmt!" sagt mein Vater. „Ich kann mich doch gar nicht erinnern, was ich dir beim letztenmal für eine Bärengeschichte erzählt habe!"

Meine Mutter lacht.
„Dein Vater kommt mit sieben Geschichten sein Leben lang aus. Er ändert sie immer ein wenig und behauptet dann, es wäre eine neue Geschichte.“
Mein Vater schmunzelt.
„Alle Geschichten dieser Welt sind schon mal von irgend jemandem erzählt worden!“
Doch dann fängt er an:
„Als junger Mann machte ich jedes Frühjahr eine größere Wanderung. Den Bärenpfad hatte ich mir schon lange vorgenommen. Ich weiß nicht, ob ich tatsächlich dem König der Wälder begegnen wollte. Aber der Name klingt so aufregend!
Ernsthaft glaubte ich auch nicht daran, einen Bären zu treffen. Die Bären sind ja auch in Finnland fast ausgestorben. Die wenigen, die es noch gibt, halten sich fern von Menschen.
Am ersten Tag lief ich etwa dreißig Kilometer. Ich war damals ziemlich mutig, aber trotzdem sah ich mich häufig um. Ich hatte irgendwie das Gefühl, verfolgt zu werden.
Aber sooft ich mich auch umschaute, ich sah nur Bäume und Büsche und das Moos auf dem Pfad.

Dennoch war ich froh, als ich eine kleine Holzhütte erreichte.
An den Wanderwegen Finnlands gibt es viele Holzhütten. In denen können die Wanderer sich Tee oder Kaffee oder auch eine Suppe oder sonstwas kochen. Oft sind auch Lebensmittel in den Regalen. Von denen dürfen sich die Wanderer nehmen, soviel sie brauchen. Sie können auch in der Hütte übernachten.
Ich fand in der Hütte Mehl, Zucker, Salz, H-Milch und Fett. Genau die richtigen Zutaten für Pfannkuchen! Die Eier fehlten natürlich. Wer schleppt schon rohe Eier durch die Wildnis?
Aber es ging auch ohne! Ich briet mir eine tüchtige Portion und sang ein Lied dabei!"
„Was für ein Lied?" frage ich.
„Mutigen Herzens, mit offenen Augen schau' ich in die Welt hinaus", singt mein Vater. „Weiter kenne ich den Text nicht, weiter kannte ich ihn schon damals nicht.
Also, ich kochte mir einen starken Kaffee und aß ein paar Pfannkuchen dazu. Dann legte ich mich auf die Matratze und wickelte mich in eine Wolldecke.
Eine Weile bewunderte ich die Schattenspiele, die das flackernde Kerzenlicht an die Decke

warf. Als ich die Kerze ausgeblasen hatte, schlief ich sofort ein.
Mitten in der Nacht wachte ich auf einmal auf. Ich fror fürchterlich und zog die Decke noch fester um mich.
Plötzlich hörte ich ein Brummen und Stöhnen. Ich öffnete die Augen und merkte, daß die Hüttentür weit offenstand.
Ein riesiger Braunbär saß aufrecht in der Küchennische und fraß meine restlichen Pfannkuchen! Die hätten mein Proviant für den nächsten Tag sein sollen!
Als die Pfannkuchen alle waren, machte der Bär sich über die Tüten her. Er verstreute das Mehl und den Zucker über den Boden. Anschließend leckte er beides schmatzend auf. Dann fegte er mit den Vorderpranken alles herunter, was noch auf dem Tisch lag.
Ich hatte mich die ganze Zeit nicht bewegt.
Ich wagte kaum zu atmen.
Hoffentlich mußte ich nicht niesen oder husten!
Als der Bär nichts mehr zu fressen fand, stapfte er hinaus in die Nacht.
Mit zittrigen Knien stand ich auf und schloß die Hüttentür wieder. Trotz meiner Angst bin ich wieder eingeschlafen.

Am nächsten Morgen räumte ich auf und fegte die Schnipsel von den Zucker- und Mehltüten zusammen. In einem Eckschrank fand ich noch eine Dose Erbsensuppe und machte sie mir warm.
Ich beschloß, noch eine Nacht in der Hütte zu bleiben. Vielleicht zog der Bär in dieser Zeit weiter.
Vorsichtshalber rückte ich einen schweren Holztisch vor die Tür. Der Bär müßte jetzt über den Tisch klettern oder ihn zur Seite schieben, um hereinzukommen.
Gerade hatte ich den schweren Tisch dorthin geschafft, als die Tür mit einem einzigen Ruck aufflog.
Auf der anderen Seite des Tisches standen drei Bären. Ein großer und zwei kleinere.
Sie stellten sich auf die Hinterbeine und legten die Vordertatzen auf den Tisch. Sie sahen aus, als wollten sie mit mir Kaufladen spielen!
So stellte ich ihnen den Rest der Erbsensuppe hin. Dann holte ich alle Pfannen und Töpfe, die ich in der Hütte finden konnte und stellte auch sie auf den Tisch.
Ich dachte mir eigentlich nichts Besonderes dabei. Ich wollte nur etwas tun.

Der große Bär fraß die Erbsensuppe.
Die kleineren fingen an, mit den Töpfen und den Deckeln zu spielen. Es waren noch recht junge Bären. Sie schlugen mit den Deckeln auf die Töpfe und freuten sich über den Lärm. Sie wackelten im Takt mit den Köpfen und nickten mir zu.
Ob ich meine Flöte holen sollte? Doch ich traute mich nicht, den Bären den Rücken zuzuwenden. So fing ich an zu tanzen. Ich stampfte mit den Füßen kräftig auf den Boden, fuchtelte mit den Armen herum und klatschte in die Hände. Ich wackelte mit dem Kopf und zog freundliche Grimassen.
Ich tanzte und tanzte. Ich wollte die Bären bei guter Laune halten, und solange ich tanzte, kamen sie vielleicht nicht auf die Idee, daß ich selbst etwas zu fressen sei.
Als sie endlich mit dem Lärm aufhörten, war ich zum Umfallen müde.
Was würde jetzt passieren?
Die jungen Bären wollten über den Tisch in die Hütte steigen. Aber der große Bär brummte drohend und schubste sie zurück. Dem einen gab er sogar eine Ohrfeige mit der mächtigen Pranke, als wollte er sagen: Genug gespielt!

Dann stellten sich alle drei Bären wieder auf ihre vier Beine und sahen so harmlos aus wie die Bären in deinem Tierlexikon.
Sie brummten noch einmal zum Abschied und trotteten davon. Sie kamen nicht mehr zurück.
Am nächsten Tag verließ auch ich die Hütte.
Wir sind uns nicht mehr begegnet", beendet mein Vater die Bärengeschichte.

Mitten in der Nacht werde ich von einem seltsamen Brummen geweckt. Ich schleiche in das Schlafzimmer meiner Eltern und krieche zu ihnen ins Bett.
„In meinem Zimmer ist *karhu*!" flüstere ich meinem Vater ins Ohr.
Karhu heißt ein Bär auf finnisch.
„Das glaube ich nicht", flüstert mein Vater zurück. „Es ist bestimmt nur Mirri, der sieht nachts immer so bärenstark aus!"
Meine Mutter wird von der Flüsterei wach und murmelt müde: „Nun schlaft doch endlich. Ich lasse mir heute keinen Bären mehr aufbinden!"
Ich brumme ein wenig in ihr Kopfkissen, und dann schlafe ich ein.

Der Schatz aus Lappland

Eines Abends blättere ich in einem Buch über Rentiere, und mir fällt ein, daß ich noch keine Geschichte über Rentiere von meinem Vater gehört habe.

„Das kann doch nicht wahr sein!“ ruft mein Vater erstaunt, als ich ihm das sage. „Kennst du wirklich die Geschichte mit *poro*, dem Rentier, nicht? Sie ist meine Lieblingsgeschichte!“

Mein Vater legt seine Zeitung weg, und ich lege mein Buch zur Seite. Ich will ganz genau zuhören. Es kommt nicht häufig vor, daß ich eine Geschichte meines Vaters noch gar nicht kenne.

„Ich bin ja in Nordfinnland, in Lappland, geboren, und dort gehören die Rentiere zur Landschaft wie anderswo die Kühe“, beginnt mein Vater.

„Rentiere sind schöner als Kühe!“ sage ich.

„Geschmackssache!“ meint mein Vater.

„Also, die Rentiere leben im allgemeinen in Herden, aber es gibt auch Einzelgänger. Besonders die weißen Rentiere entfernen sich oft von

ihrer Herde, um eigene Wege zu gehen. Weiße Rentiere sind selten, und jeder Lappe oder Same, wie die Lappen sich selbst nennen, ist stolz, wenn er ein weißes Rentier besitzt.
Ich arbeitete einen Sommer lang bei einem Samen, der Ottok hieß. Ottok besaß ein schönes und starkes weißes Rentier.
‚Es ist zuverlässig und klug!' sagte Ottok. ‚Ein Juwel von einem Tier!'
Eines Tages war das weiße Ren verschwunden.
‚Such nach meinem weißen Rentier!' sagte Ottok zu mir. ‚Wenn du es zurückbringst, will ich dich auch gut belohnen!'
Zur Sommerzeit laufen die Rentiere frei herum. Sie suchen sich Gräser und Flechten dort, wo sie ihnen am besten schmecken.
Ich machte mich auf den Weg und streifte durch die Landschaft. Ich stieg auf die Hügel und hinab in die Täler. In einem Tal fand ich sechs braune Rentiere, die Ottoks Brandzeichen in den Ohren trugen.
Ich brachte sie zu Ottok.
Ottok bedankte sich und sagte dann: ‚Und nun bring mir das weiße Rentier!'
In Lappland wurde es bereits Herbst. Die Blätter der Birken verfärbten sich gelb und rot.

Die Espenblätter wurden dunkelrot, und die Büsche nahmen die Farbe der untergehenden Sonne an. Es war, als würde alles um mich herum brennen und glühen.

In Lappland kann man tagelang wandern, ohne einem Menschen zu begegnen. Es gibt keine Städte und Dörfer. Und die Samensiedlungen liegen weit auseinander.

Als ich an einer solchen Siedlung vorbeikam, fragte ich nach dem weißen Rentier.

‚Wenn ein weißes Rentier davonläuft, verwandelt es sich!‘ sagte ein alter Same.

Ich lachte.

‚In was verwandelt es sich denn?‘ fragte ich spöttisch. Ich glaubte doch nicht an Märchen!

‚In einen Schwan, in eine Hexe, in einen Bären oder in einen Menschen – was immer ihm beliebt!‘ antwortete der alte Same ganz ernst.

Ich bedankte mich bei ihm, auch wenn er mir keine große Hilfe war. Immerhin habe ich nach meiner Rückkehr etwas Lustiges zu erzählen, dachte ich.

Nachdem ich die Samensiedlung verlassen hatte, lief ich ziemlich planlos durch die Gegend. Plötzlich entdeckte ich ein einzelnes Samenzelt. Aus der Öffnung in der Zeltmitte stieg Rauch

auf. Ich schlug die Zeltplane aus Rentierfellen zur Seite und trat hinein.
Mitten auf dem Boden brannte Feuer, und vor dem Feuer saß eine alte Frau. Ihr Gesicht hatte tausend Falten! Ihre kleinen schwarzen Augen blinzelten mir listig entgegen. Als sie lächelte, sah ich, daß sie nur noch zwei Zähne im Mund hatte.
Ich hockte mich auch vors Feuer.
Die Alte bewegte den Kopf hin und her und summte ein Lied.
Dann lachte sie kurz und sagte: ‚Du hast Glück, junger Mann! Ich weiß, wo das weiße Rentier sich versteckt!‘"
„Aber du hattest sie doch noch gar nicht gefragt! Die alte Frau war bestimmt eine Hexe, oder war sie ...?" frage ich gespannt.
Mein Vater scheint mich nicht zu hören. Er ist ganz in seine Geschichte vertieft. Er erzählt weiter.
„Die alte Frau klatschte in die Hände, und ein weißes Rentier erschien in der Zeltöffnung.
Ich fuhr hoch. Das Ren hatte Ottoks Brandzeichen im Ohr!
‚Folge dem Tier!‘ sagte die Alte zu mir. ‚Es wird dich zu einem Schatz führen!‘

Ich war verwirrt.
Eigentlich sollte ich das Rentier Ottok zurückbringen. Aber ich konnte die Worte der Alten nicht vergessen: ‚Es wird dich zu einem Schatz führen!'
Ich sah vor meinen Augen Gold glänzen und Juwelen funkeln.
So ging ich dem Rentier nach.
Es lief immer ein paar Schritte vor mir. Manchmal sah es sich um, ob ich noch hinter ihm war.
In einem kleinen Dorf blieb es endlich vor einem einfachen Holzhaus stehen.
Ich zögerte einen Augenblick. Dann öffnete ich die Tür und trat hinein.
Ich entdeckte den Schatz sofort! Mein Herz schlug heftig und laut!"
„Waren es richtige Diamanten?" frage ich gespannt.
Mein Vater sieht meine Mutter an und lächelt. Sie lächelt auch.
Dann sagt mein Vater: „Es war eine andere Art Schatz! Vor einem Webstuhl saß eine junge Frau. Ich verliebte mich auf der Stelle in sie. Die Frau war deine Mutter!"
„Ach so!" rufe ich. „So ein Schatz! Doch was ist dann mit dem weißen Rentier geschehen?"

„Das Rentier fand ich nicht wieder. Ich kehrte mit deiner Mutter zu Ottok zurück und erzählte ihm alles.
Er nickte und sagte: ‚Ich wußte immer, daß das weiße Rentier jemandem Glück bringen würde!‘
Zur Hochzeit schenkte mir Ottok ein Messer, dessen Griff aus dem Geweih eines weißen Rentiers geschnitzt war.
Deine Mutter bekam von ihm eine Vierwindemütze, die den Kopf gegen alle Stürme schützt! Ob sie von Süden, Norden, Westen oder Osten kommen!“

„Dies ist bestimmt deine beste Geschichte, Papa“, sage ich.
„Warum? War sie so spannend?“ fragt er.
„Nicht spannender als die anderen“, gebe ich zu. „Aber hättest du Mama nicht gefunden, gäbe es mich ja nicht!“
Meine Eltern lächeln wieder. Sie sind glücklich, daß es mich gibt. Denn sie mögen mich. Und ich mag meine Mutter und meinen Vater und die Geschichten meines Vaters.
Bevor ich ins Bett muß, singen wir zusammen das finnische Lied „Juokse porosein“.

Das heißt auf deutsch: „Lauf, du mein Ren“. Und ich freue mich, daß wir nächsten Sommer in das Land fahren, wo der ritterliche Vielfraß, die Apfelratte, der musikalische Luchs, der dankbare Elch, die Himbeer-Kreuzottern, die Polkabären, das weiße Rentier und viele andere Tiere zu Hause sind.

Die Deutsche Bibliothek - CIP-Einheitsaufnahme

Lembcke-Heiskanen, Marjaleena:
Polkabären, Apfelratten und andere Tiere :
finnische Tiergeschichten / Marjaleena Lembcke-Heiskanen.
Mit Bildern von Anna Boeke. - Orig. Ausg.
- München : tabu-Verl., 1996
(Tabuphil)
ISBN 3-930777-66-5

tabuphil

ISBN 3-930777-66-5

Andy steht still,
die Bäume und die Zelte
stehen still,
denn der Morgen ist noch
gar nicht richtig wach.
Dehnt sich im
ersten weißen Licht, steigt,
und fällt im Widerhall
der Vogelrufe.
Kein Mensch außer Andy
ist unterwegs.

Kinderbuch-Klassiker im *tabu verlag*

Theodor Storm

Die Regentrude

Mit farbigen Illustrationen von Klaus Müller

64 Seiten, ISBN 3-930777-16-9

Nur wenn Maren und Andres die Regentrude finden und wecken können, wird die schreckliche Dürre aufhören ...

Ab 8 J.

Eduard Mörike

Historie von der schönen Lau

Mit farbigen Illustrationen von Jutta Mirtschin

58 Seiten, ISBN 3-930777-08-8

Das Märchen von der traurigen Wasserfrau im Blautopf von Blaubeuren, die erst dann ein Kind bekommen soll, wenn sie fünfmal gelacht hat ...

Ab 10 J.

Kinderbuch-Klassiker im *tabu verlag*

Charles Dickens

Ferienmärchen

Aus dem Englischen von Klaus Schirrmeister

Mit farbigen Illustrationen von Renate Totzke-Israel

64 Seiten, ISBN 3-930777-20-7

Drei humorvolle Märchen, geschrieben aus der Sicht von Kindern, die die leidigen Erwachsenen eines Besseren belehren wollen ...

Ab 6 J.

Alexej Tolstoi

Das goldene Schlüsselchen

oder die Abenteuer des Burattino

Aus dem Russischen von Robert von Radetzky

Mit farbigen Illustrationen von Antonin Kanewsky

200 Seiten, ISBN 3-930777-15-0

Die lebendige Holzpuppe Burattino stolpert wie ihr Vorbild Pinocchio von einer Dummheit in die nächste ...

Ab 8 J.

Bilderbuch-Klassiker im *tabu verlag*

August Kopisch

Die Heinzelmännchen

Mit Bildern von Rainer Sacher

32 Seiten, durchgehend farbig illustriert,

ISBN 3-930777-17-7

Die Geschichte von den fleißigen Kölner Heinzelmännchen – und warum wir heute selbst arbeiten müssen ...

Ab 4 J.

Tanz, tanz, Gretelein

Lieder, Tänze, Gedichte aus der Kinderstube

Mit Bildern von Reinhard Michl

48 Seiten, durchgehend vierfarbig illustriert,

ISBN 3-930777-25-8

Evergreens aus über hundert Jahren zum Singen, Tanzen und Spielen, von „Hänschen klein“ bis „Es tanzt ein Bi-ba-Butzemann“.

Ab 4 J.

Bilderbuch-Klassiker im *tabu verlag*

Fiedelhänschen

Verse und Sprüche aus der Kinderstube

Mit Bildern von Reinhard Michl

48 Seiten, durchgehend vierfarbig illustriert,

ISBN 3-930777-06-1

Bekannte und beliebte Abzählreime, Krabbelverse und Spielgedichte, von „Das ist der Daumen“ bis „Hoppe, hoppe, Reiter“ und „Ri-ra-rutsch“.

Ab 4 J.

Originalausgabe
Felicitas Andresen
„Kinder sind nicht wasserlöslich", sagte die Prinzessin
Roman
88 Seiten,
ISBN 3-930777-52-5

Wahr sind die Geschichten trotzdem, zum Beispiel: die von dem Geldbriefträger, der sich in einen Frosch verwandelt, wodurch leider die Sozialhilfe für Michael und seine Mutter nicht pünktlich eintrifft; oder die von Alexandra, die ein paar Wochen eine Baby-Riesenspinne aus einem Horrorfilm versorgen muß, den sie sich heimlich im Fernsehen angesehen hat; oder die vom wilden Christian, der eines Tages eine Brausepulver-Umwelt-Katastrophe verhindert.